느닷없이 애플파이

김정인 시집

서정시학 시인선 212

서정시학

헛것이 되어
어느 틈새에 끼어
슬픈 내 흔적 수북이 쌓여도
즐겁게 먼지를 청소하겠다
내가 지나온 길
내일을 살아갈 이유다
—「오! 먼지」에서

서정시학 시인선 212

느닷없이 애플파이

김정인 시집

서정시학

시인의 말

강산도 변한다는
그 10년이
아득한 줄 알았더니
고작 10년이고
고작인 줄 알았더니
아득한 10년이다
그동안 많은 것을 잃고
많은 것을 얻었다
받은 사랑도 깊다
오늘이
내 생의 마지막이어도
그저 감사할 뿐

2024년 2월
김정인

차 례

2부

3부

4부

1부

봄날은 울렁거린다

율동공원으로 꽃구경 간다
목 길게 늘인 번지점프대
휠체어에 앉아 지나가는 사람
봄볕에 웅크렸던 발가락을 편다
목련꽃 피어나는 한낮
길은 사방으로 뻗어 있다
올봄엔 가지 못한 길도 가 볼까
내가 길이 되어 온 세상 휘휘 휘돌아
후투티가 날아온다는 그 섬에 가 살까
훈풍에 등 떠밀려
공원 주변 카페를 두리번거린다
저기에는 시집이 몇 권 있었지
어느 날은 헝가리춤곡이 흘러나왔지
블루베리 머핀도 있었지
날개 말린 나비 되어 팔랑이다가
출구에서 냉이 한 바구니 사 왔다
냉잇국에 봄날의 취기가 가득하다
심한 입덧은 아니었는지
봄날 울렁거림이 가라앉았다

느닷없이 애플파이

그 섬에 온 김에
소문난 애플파이를 맛보기로 했다
사과를 닮은 파이 한 개를 넷으로 나눴다
사과는 분수를 좋아해 다행이라며
억지로 생각도 욱여넣었다

리조트 앞 바닷가로
파도가 밀려왔다 밀려간다
푸른 파도는 빨간 파이의 맛을 알까
이상한 나라의 앨리스처럼
영감의 원천은 뭐든지 갖다 붙일 수 있는 것
트럼프 병사들이 카드 꾸러미가 되는 명장면은
혼을 담지 않으면 쓸 수 없는 이야기

나는 앨리스처럼 토끼를 쫓아가
기상천외한 모험을 하고 싶지는 않지만
'느닷없이 애플파이'라는 팻말을
포크로 콕 찍어준 그 낱말은 따라가고 싶었다
푸른 바다 위 갈매기는 끼룩끼룩 날고
혀끝을 스치는 맛, 빨간 애플파이

돌아오는 길
포크를 봉돌 삼아 찌를 맞추고
생각의 부력을 띄운다
끌어 올려진 문장은
세상 다시 태어나게 할 말 한마디
막힌 숨을 뚫는다
내 안에서 오래 숨 쉬고 있었다

불꽃놀이, 불꽃놀이

무슨 조화로
하늘에 금강경이 펼쳐지는가
땅과 물과 불
바람과 허공 다 담아
무한 색채가 팡, 팡
폭죽으로 터진다

부처께서 쏘아 올린 신호탄에
우주가 고백한다
비우고 합일하고자 하면
아득한 시공도
넘나들 수 있다고
깨달음은
반야심경으로 쏟아진다

마음 억눌러진 날에
그려본 만다라
세상에 단 한 점밖에 없는
나만의 그림이
두려워할 필요 없다고
불꽃놀이로
쏟아지는 만다라

깜깜한 밤하늘에서
불꽃놀이가
내 가슴을 활짝 열어젖힌다
나를 만나라고
나만의 만다라를 완성하라고

시차 적응

태평양을 건너 딸에게로 가는 날
나는 저녁 너는 아침
거리를 좁혀가며 너의 저녁에 만났는데
그때 나는 아침이어야 했는데

떨어져 지낸 시간만큼이나
생각도 서로 달랐지
햄버거보다는 김치볶음밥의 아침
된장찌개보다는 스파게티의 저녁
차라리 시차 극복이 더 쉬웠다

함께 한 미지의 여행과
엄마에게 좋은 것 다해 주고 싶은
딸의 마음보다
내뱉지 못하는 아픈 소리가
세상을 힘들게 견디는 몸짓이
스멀스멀 시간을 흔들어
꽤 오랫동안 잠들 수 없었다

뜯긴 거미줄

산책길에 마주친
반쯤 뜯겨 나간 거미줄과
숨어 웅크린 들풀거미 한 마리

헛기침하던 사마귀가
갈퀴 발로 할퀴고 지나갔나

불멸의 별이 되고 싶었던
어느 예술가의 고해가
새벽녘 는개로 흩어지다
출렁, 떨궈놓은 눈물이 무거웠나

발길 닿지 않는 뒤안길에서
정수리에 착 들러붙은 거미줄
황급히 떼어낸 적 있다

내 몸의 거미줄
촘촘히 엮어놓은 생의 그물들
수천 가닥 보이지 않는 끈이
여기저기 구멍 나고 뜯겨 나갔네

누가 내 거미줄을 잘랐을까?

비누의 시간은 남는다

갈라지고 부서진 비누
묵묵히 녹아버리고 닳아버린 시간을
예정된 파멸이라고 말할 수 있나

비누가 더러움을 씻어내는 시간은
갸륵하게 죽어가는 시간
한 조각 남겨지지 않아도
자신이 녹는 시간을 의식하지 않는다

부서지며 비누가 닦은 손은
깨끗한 세상 살아가라는 소망
다시 쓸 수 없는 생애는
손끝 갈라 터진
어머니의 시간처럼 하얗게 남는다

비누의 단단함을 무너뜨리는 건
오직 닳아진 시간밖에 없고

울컥 삼켰지만 소리치고 싶은 말들
바위가 아닌 비누에 새겨볼 일이다
씻은 듯 다 사라져라!

오! 먼지

청소기에 가뿐히 빨려오는 먼지
저항 같은 것 없다
존재가 사라지면 먼지가 되는가
내일의 나, 어제의 나
매일 청소해도 줄지 않는 먼지
조명 빛에도 반짝 떠다니고
어두운 구석에도 쌓이고
헛것이 되어
어느 틈새에 끼어
슬픈 내 흔적 수북이 쌓여도
즐겁게 먼지를 청소하겠다
내가 지나온 길
내일을 살아갈 이유다
오! 먼지
잠잠한 먼지 하나
기척도 없이 들썩인다

들켰다

눈에 띄지 않는 책 한 권
내가 밀어 넣은 구석에서 내가 찾아내곤
짐짓 "난, 똑똑해"
웃기지 않으면 실패한 농담이다
바보인 게 들켰다

안 해도 되는 일을 뜬금없이 하고
울지 않아도 될 때 울어버리는
때도 모르고 눈치도 없는 바보

부모님 자주 뵙고 마음 읽어 드리는 게
큰 효도라는 걸 찾아갈 곳 없어진 후에야
때 놓치고 운다
미련해서 울고 불효해서 운다

시에 머리 얹었으면 시를 안고 살아야지
지키지도 못할 언약 왜 해 놓고
내려놓지 못하고 도망도 못 가고
못났다 참 모자라다
잃어버린 차표 한 장 뒤늦게 찾고서
바람 부는 길만 바라본다

만신창이가 된 그런 날은
기차가 레일 위를 벗어나는 꿈자리였고
내 슬픔은 늘 깨어있으라고 한다
어디서 찾을 수 있을까
들킬 게 없는 울음, 후련한 울음

기원으로 출근하는 남자

딱히, 바둑이 너무 좋아서라거나
치매 예방에 효과적인 뇌 운동이라거나
종일 얼굴 맞대어야 하는
아내의 답답한 시선 피해서만은 아닙니다

평생 이루지 못한 신의 한 수를 찾아
오늘도 하염없이 바둑판을 응시합니다

기기묘묘한 알박기를 위해
죽었던 돌이 다시 살아나고
한 수 삐끗하면 판 전체가 끝장나는
긴장이 맴도는 그런 대국,

마지막 돌을 던지는 순간에도
장고하는 건
생의 족적을 바로 잡을 수 있는
절묘한 수가
어딘가 있을 거라는 희망 때문입니다

나의 숨소리와
마주 앉은 이의 숨소리가
한 테이블에서 흑백의 생을 재단합니다

조금이라도 더 큰 집을 짓기 위해
허물고 허물어지며
바둑판 울타리에 생을 걸쳐 놓습니다

시간이 똑, 똑 떨어집니다
거꾸로 세워놓은 석간수 한 통
다 비워지는 저녁
갈 길은 먼데 다시 급한 곳부터
포석을 정비합니다

아직도 지을 집이 많습니다

비겁함과 부질없음의 사이

그는 무엇이 불안해서
남의 지갑을 홀딱, 열어젖히는가
내가 술 한잔 사라고 한 적도 없고
밥을 사준다고 한 적도 없는데
오랫동안 황당했던 일
그 남자는 텅 빈 내 지갑을 보고
무슨 생각을 했을까

집이 몇 평이냐고 세금 얼마냐고
아무렇지도 않게 물어도 되나?
심심한 사마귀가 거미줄을
갈퀴 다리로 싹둑 자르고 지나가듯
마음 헤집어 놓고 지나간 그 황당 씨
그는 두툼한 지갑과
점유한 넓디넓은 안방만큼
행복 그득 펼쳐놓고 사는지

경계선 침범죄
두루뭉술 모멸감을 안겨준 죄를 물어
땅 땅 땅
한 번쯤은 방망이를 두드리고 싶은 황당 씨

그 비겁함 그 부질없음
발칙한 시선에 방아쇠를 당기고 싶은 순간
아뿔싸!
그 총구가 빙그르르 돌아 내 앞에서 멈추었네

흐르지 못한 피

비와 바람을 뭉치느라
퍼렇게 변해가네요
휘청이지 않으려면
다른 배열이 필요해요

부항을 뜨러 가요
목과 어깻죽지에는
지쳐 잠든 피의 가지색
커다란 머루 포도송이가
매달리기도 해요
입술 깨문 혀의 독성까지
다 빨아들였나 봐요

목숨을 연명시키는 건
꼭 일용할 양식만은 아니어서
맑은 피 반환받으려고
흐르지 못한 피 쓸어내려요
아버지를 보내는 장례식장에서도
나는 등딱지가 단단한 투구게*였어요

변색할 수밖에 없었던 피

* 파란 혈액을 가진 절지동물. 극한 환경에서 공룡이 사라져도 살아남았다.

혈류 막혀 시꺼멓게 버틴 나
자다가도 쥐가 나요
웅크린 마음도 풀어줘야 해요
나, 지금 부항 뜨러 가요

혈서

여태 머리로만 알았네
얕은 내도 깊게 건너라는 말

장마철에 돌아서 갔던 길을
오늘은 지름길
징검다리 건너 집으로 가려는데
개울 한가운데 이르기도 전
하마터면 고꾸라지는 줄 알았네

양말도 벗고 맨발로
발톱 세워 바윗돌 끌어안아도
이끼긴 돌에 자꾸만 헛발질이네

등 넓은 징검다리가
물 콸콸 넘쳐 이끼 돋은 디딤돌에
내게 혈서 한 줄 남겼네

침묵으로 말하는 사이

은행잎 수북이 떨어진 골목길
청소미화원이 낙엽으로
황금빛 하트를 그린다
담장 위에 손을 얹은 우주 몇 장
바람에 떨어져 빗자루에 쓸린다
나무 꼭대기에서도 보이도록
쓸어 모으고 쓸어 모은
커다란 하트
나는 길을 멈춰 묵묵히 비질하는
꽉 다문 침묵을 읽다가
낙엽 떨어뜨린 나무를 바라본다
'나도 우주다!' 눈짓하는 나뭇잎이
바스락, 헛기침한다
한솥밥 먹고 사는 식구라고
침묵으로 말하는 사이라고

바람이 운다

눈꽃축제가 한창인 태백에 와서
혹한의 산을 오른다
산등성에 다다를수록 나이든 주목들은
결연히 고개 숙이고
나는 언 발가락을 꼼지락거리며
마비되어 오는 손끝을 비튼다

오던 길 돌아설까 망설이는데
큰 소리로 바람이 운다
한때는 나침반이 되기도 했던 바람
울음을 뱉지도 못하는 나무들은
되돌아가는 길도 쉽지는 않다고
앞만 보고 가라고

눈 덮인 가파른 비탈길
누군가 비닐 썰매를 타고 지나가고
위태롭다 주춤거린 등산로 밧줄엔
고르는 숨 한 뼘이 기대어 있다

간신히 겨울 산 내려와
얼음 박힌 긴 밤 뒤척이는데
창문 흔들며 바람이 지나간다

뒤집어쓴 이불 위에 또 이불을 덮은
겨울의 한복판
어디서부터 시작되는 바람인가
깊은 밤 끌어안고 잠든 눈 조각상
희미한 불빛이 새어 나온다

죽비를 들고

요즘 주목받는다는 시인들의
시집을 읽는다
가슴을 울리는 시 한 줄로
내 마음이 젖어 드는가 하면
어떤 시는 낯설다 어렵고 난해하다
작품해설조차 무슨 말을 하는지
모르겠다
쉽게 알 것 같은 문장도
4차원으로 거미줄을 치니
이미지가 흐릿하다
그런가
관습에서 외출하여 시선을 돌리면
또 다른 얼굴이 보이는가
빈약한 내 사유로는
해독하기 힘든 말
정신 바짝 나게 죽비로
나의 등짝을 친다
시에 대한 게으름을 친다
대혜종고*께서는 죽비를 들고
죽비라고 부르면 사물을 따라가고
죽비라고 부르지 않으면

---

* 중국 송나라 시대의 선승.

사물을 무시한다는 것인데
침묵도 용납할 수 없고
침묵하지 않음도 용납할 수 없다면
나는 천상 파양되어 마땅할 시인이다

낙타커피

〈낙타커피〉가 있는 문학관에서
낙타커피를 마신다
모래바람 수없이 삼켜 뱃속까지 하얀 낙타가
커피를 내리고 있는 그곳에서
명사산을 오르며 목축인 한 모금의 물처럼
300도 모래에서 들끓은 커피를 마신다

낙타가 파충류의 체온과 쓸개도 없이 살아가듯
시인도 새의 피로 날고 눈 뜨지 않아도 보이는
예지력을 찾아 그렇게 사막을 헤매고 다녔을 것
낙타는 낙타의 사체만 보고 죽는다는데
시를 놓지 못하는 시인은
시의 혼령을 찾아 누울 자리를 찾아 헤맸을 것
여기는 대도시 범어천이 흐르는 곳
오늘의 낙타커피가 내가 찾아간 사막을 불러 왔네

명사산 가는 길에 만났던
나의 낙타는 잘 있는지
지금도 하얗게 엉겨 붙은 긴 속눈썹 무겁게 뜨고
누가 등에 올라탔는지는 아랑곳없이
걸음 맞추어 요령 흔들며 무심히 지나가는지
저절로 닫히는 콧구멍으로 썩은 냄새 막고

묵묵히 등 내어 준 쌍봉낙타
타들어 간 발바닥은 사막을 안고 있는지

코끼리 발바닥으로 바뀌어 발톱으로
모래사막을 건너는 낙타처럼
한 줄의 시도 비워 내어야 얻을 수 있듯
숙명으로 사막을 건너가는 낙타를 만나러
바람 부는 날 아니어도 낙타커피를 마신다
푸른 나무 보이는 월아천이 있다
백로와 청둥오리가 사는 범어천이 있다

대답 없는 아내

그녀 보내고 아득히 토한 울음
지금도 몸을 베이는 남자
습지 서성이다 만난 물봉선화가
아내를 불러왔다는데
그녀 입술 닮은 물봉선화
그녀가 좋아하던 붉은 자줏빛
사진 찍어 하늘로 전송하는데
수취인 없는 번호로
오늘도 어김없이 보낸 카톡
받을 수 없는 답장에
짙은 그리움 흘러내렸다는데
어스름 들녘에 만개한 추억
보고 싶은 마음 띄우고 나니
진 붉은 내 사랑이
바짝 옆자리에 앉았다는데
스칠 때마다
제 몸 터트리는 물봉선화
아내가 나타났다 활짝 피어서

2부

순서대로 읽을 필요는 없어

눈과 귀를 가린 것은
어쩌면 실체가 없는 고정관념
처음부터 시작하려는 아집
세월에 실려 흐르다 보면
예상치 못한 인연도 만나고
낯선 세계와 마주칠 수도 있지
첫 순간이 될 수도 있지

시각장애인 강영우 박사를 느껴보려고
시시때때로 눈을 가리고 걸어 본 적 있다
깜깜함을 이해할 수는 있어도
그 마음이 다 들어오는 건 아니지
내가 먼저 알게 된 건 결말
세계 속에 대한민국의 이름표를 단
그분을 더듬어 본 것이어서
이전의 일생은 거슬러가며 알았지

서사시 〈일리아스〉는 분노의 기승전결 구조
분노는 복수가 아닌
눈물로 지워진다는 말을 뒤에 남기고 싶었지
그렇다면 결말에서부터
분노가 아킬레우스의 눈물에 씻겼다
라고 시작한들 어떠하랴?

책도 인생도 순서대로 읽을 필요는 없었지
한 페이지는 어둡고 다른 페이지는 환하더라도
지금 읽고 있는 것이 현생

명료한 언어로 나를 정의하기 힘든 날
나무가 여우처럼 붉게 변할 때
나도 단풍드는 게 아니라
여우처럼 붉게 변하고 싶다
시작이고 싶다 더 뜨거워지고 싶다

무슨 말을 남길까

수많은 부고를 접했던
월스트리트저널 부고 전문기자가
이왕이면 내가 원하는 방식으로
〈자기 부고 미리 써 보기〉
담담히 준비해 보란다

무슨 말을 남기고 싶은가
나는 무엇을 이루고자 했는가
이루었는가 며칠을 생각했다
조금 유별날 것 같은 이 일을
쓰고 고치기를 수차례
결국, 지워버렸다

봉인도 못 하고 그만둔
〈내 부고 미리 써 보기〉
물과 함께 여과해서 먹고 사는
고래같이 살지 못했나?
생각을 비우지 못한 새벽녘
내 이름을 기억 못 하는 사람이
부고를 받는다면?

(그 경계)—앤디 워홀의 타임캡슐

추억이 나를 잠식한다
지우지 못한 사랑과 이별도
꾹꾹 눌러 놓는다
더는 쑤셔 넣을 곳이 없다

잡동사니와 쓰레기들이 모여
또 다른 무엇이 되고
충성도 죽음의 냄새도 꿀꺽, 삼켜
상처를 꿰맨 자국까지
차곡차곡 밀봉해 놓는다

어리둥절하면서도 불편한
저장 강박에 대한 품위 있는 서술은
세상 모든 존재는
햇살 같은 쓸모를 지닌다는 것
'헛것 아님'으로 환생한다는 것

시간이 품고 있는 극점에서
풀려나오는 것들
박제가 된 피자 조각이 발효되어
다이너마이트로 빵 터진다
용암 케이크가 사방으로 흘러내린다

(그 경계)—무엇을 숨겼나

19금 딱지가 붙은 다큐멘터리
앤디 워홀의 영상을 본다
일기에도 쓸 수 없는 일
분명코 무엇이 있는데 감추고 있다고?

그림자 속에 서성이는 저 남자
다리에 면도하고 빨간 입술로
굽 높은 신발로 갈아신었다
당당하고 반항적이고 즉흥적인 창조
뺨 맞길 두려워한 이름의 가면을 벗고
하나를 포기한 건 용기일까

내가 결정하여 태어날 수 없는 운명
숨고 발버둥 친 것들을
다른 방식으로 덧칠한 폐허
그 남자가 선물한 진주 목걸이를 한
그의 남자 친구가 입 벌려 환히 웃는다

익은 조가비 껍질처럼 그들 사랑의 행위는
팝콘을 만들어서 영화를 보는 것이라고
그런 것들이라고

(그 경계)—어머니의 서랍

어머니의 창고를 정리하던 언니가
쓰지 않는 물건들을 묶어 내보내자
“차라리 늙은 어미도 내버려라”
좀처럼 말이 없으신 어머니
불평하는 소리 처음 들었다

무엇이 쓸모 있고 무엇이 쓸모없는지
참견할 일은 아닌데
좁은 집으로 거처를 옮기는 늙은 어머니
불편해질까 봐 내린 언니의 결행이다

켜켜이 쌓인 짐 더미에
열리지 않는 서랍
존재가 사라질 날 머지않을 때
어머니는 삶의 역사를 끌어안고 싶은 것인데

잘 모르겠다
모두 쓸모 있고 모두 쓸모가 없다는 말
오늘의 쓸모도 내일이면 끝이라는 말

(그 경계)—마음 띄우기

퀘벡에서 맛본 상그리아 한 잔
혀끝에 맴돌아
또 사버린 육각이 투명한 유리잔
기왕이면 그 분위기로 마시자
놀러 온 다섯 살 손녀 잔엔
달달한 요구르트 따르고
내 잔엔 서투르게 희석한
상그리아 불그스름 따른 후
짼~ 소리로 먼저 목젖을 적신다
서로 마주 보며 맛있게 웃는다
기왕지사로 시작한 체념의 정석
이왕이면 다홍치마로 시작해보는 하루
찬장엔 눈으로 보는 그릇들 그득해도
다 못 쓰고 죽어도
오늘도 새로울 수 있는 날이다
마음 화창한 날이다

(그 경계)—뿌리 내릴 곳

아파트 단지 사잇길을 걷다가
누가 내다 버린 빈 화분을 모셔왔다
노숙자를 씻기듯
대책 없이 달라붙은 흙먼지를 씻어내니
수묵화가 그려진
모양새도 웅장한 잘생긴 도자기다

오래전 마당 넓은 주택을 떠나올 때
수십 년 키운 화초들 감당할 수 없어
입양 보내거나 파양했다
뿌리내릴 곳에 보내었다
둘 곳이 없어 그렇게 이별했다

지금 용도를 다한 누군가의 화분이
내게 와 새로운 의미가 되어준다면
유장하게 나는 다시 사랑초도 심고
몬스테리아도 뿌리 내릴 것이다

밤새워 뒤척인 날에도
정성 들여 발등에 물을 부어주다가
떠나보낸 것들
먼 길 돌아와 내 방문을 두드리는 것들

내일은 나의 빈 화분을 채워줄
살아있는 날을 위해 화원에 갈 것이다

비록 말 못 하는 화분이라도
물레를 돌리던 마음
휘청거리지 않으려는 마음
알 것이다
산수화가 그려진 도자기 화분은

어루고 달래서

틈만 나면 버스에 오르시는 그분
이슬 젖은 시골집 돌보기 위함이다
아니 마당의 풀을 뽑기 위해서다
등에 내리쬔 햇빛이 세상 슬픔 다 말려서
이보다 더 좋을 순 없다고 환하시다
여태 풀 거두심 대단하다 감탄하는 내게
아프다 한해가 다르다
내려갈 발걸음은 더 잘 내디뎌야 한다고
또 한 말씀 몸으로 심으신다
다정과 단호가 불꽃이 된 한 생을
지금 어루고 달래시는 중이다
감췄던 나의 상처 쓰다듬으며
바름과 둥금의 시인되라 일러주신
은발의 선생님
은의 무게만큼* 고개 숙이고 계신다

* 허영자 시 「은발」.

잊지마, 신발

신발 앞코 밑창이 벌어졌습니다
여행 다닐 때나 시장갈 때
가장 편한 발이 되어준
오래된 신발 한 켤레
수명을 다한 신발도 할 말이 있었던 걸까요
벌어진 밑창을 탁탁, 치며 이젠 쉬고 싶어요
내 육신이 찢어져요 비명을 지르는 듯합니다
신발장에서 하얗게 지샌 밤의 끝과
허공의 끝은 어딘지 살펴보려는 듯
단단히 밀착된 입을 벌렸어요
우기의 진창을 까치발로 지나간
얘기도 하나 봐요 입 크게 벌리고
밟고 온 길이
두루마리로 술술 풀려나오는 그 끝자락
태평양 건너 딸의 집 현관에
처음 벗어둔 신발 자리가 보이네요
이제는 만질 수가 없는
아이가 태어나기도 전 그 여름
돌아갈 수 없는 그 시절

행복한 소일

그녀의 하루는 대부분 뜨개질이다
팔순 넘긴 나이에
하루 한 개씩 가방을 짜서
실버타운 이웃들에게 친구들에게
선물한 것이 이젠 세는 것도 벅차다고
며칠 전엔 이웃돕기 바자회에
수많은 뜨개 가방 전달했는데

명예의 전당에 오른
디자이너 남편 먼저 보낸 이후에도
그녀가 한 올 한 올 심어 그린
전시작품 셀 수도 없는데
큰 수술과 잘려나간 위는 반도 안 남아
겨우 밥 몇 술에 살붙이고 있다는데

삼복더위에 짠 가방을 선물 받고
어깨 결리고 후들거리는 시간보다
내 몸 먼저 돌보시라는 말에
시간 죽이는 일 아니라고
지금은 가방 짜는 일이 젤 행복하다고
이것만큼 즐거운 소일거리가 없다는
달항아리처럼 곱게 비워진 여자
한때는 생의 경계를 화려하게 누빈

울컥, 뿜어져 나오는 기침도
코바늘에 꿰어 한 땀 한 땀 밀어 넣다 보면
어느덧 사그라진다는
살아있는 날의
행복한 그림 한 점

비워내기

국립박물관 앞뜰에서
반가운 얼굴들 다 모였다
삼십 년도 넘은 오래된 사이

애써 꾸미고 나온 외양보다
눈앞에 보이는 옛 동료의
안색부터 먼저 살핀다

무디고 초연해진 세월
L선생이 해탈한 목소리로 시신 기증
장기기증 희망등록증 다 받아두고
돌아갈 준비도 끝났다고
흔적 없이 살아지는 것이
하루를 맞는 자세라 한다

전전긍긍 응급실로 이동 중일 순간에도
빈손을 조바심낼 것 같은 나는
주위의 눈과 입에
덜 민감해지고 싶은 나는

슬그머니 부끄러워진다
붉은 반점 도려내며

새살 돋기를 바라는 내가
비우는 것보다
채우기가 본심인 내가

즐거운 식탁

산해진미가 차려진 것도 아닌데
따끈한 찌개 올려놓고
마주 앉을 사람 의자 당겨놓으면
절묘하다 싶은 문장보다
시린 뼈가 먼저 반응한다

가뭇없이 사라지는 하루
얼굴 마주하고 수저 드는 밥상엔
질풍으로 내달았던 시간이 쉰다

아침마다 훈수를 두는 카톡도
발바닥 용천혈을 누르는 시각도
김이 난 하루의 식탁에서
마주 든 잔과 함께 기울여지면
기습한 추위도 견딜 수 있는
가장 평온한 시간이 되고

씻기지 않는 마른 밥풀
뼈에 박힌 후회를 박박 긁어낸
피가 밴 줄도 모르고 올라탄 한 줄의 시

헛것을 차린 게 아니다
한바탕 눈물을 쏟아낸 후에야
더듬거리며 시를 읊어주는 저녁의
즐거운 식탁
오래 끓인 김치찌개만큼 구수하다
박힌 가시 고아낸 진국이다

당신 참 장해요

여행길에서
그녀와 난 낯선 나그네로 만났어요
일정 내내 웃음 짓던 그녀가
겉보기와 달리 털어놓는 서사는
슬픔도 구구절절
아픔과 절망도 구구절절
가슴 한편을 아리게 했는데요
뒤틀린 생의 형틀에서
수 없이 곤두박질친 그녀의 세월
죽고 또 죽어야 했다는 말
차라리 문턱을 넘어선 죽음이
부러웠다는 그 말
잘 견뎌온 당신 참 장해요
지금은 폭포수 아래서
양팔 들고 사진도 찍잖아요
당신, 그저 앞만 보고 걸어요
울고 난 얼굴 아닌 사람 아무도 없어요
상처 쓸어 담았던 그 상자
뚜껑 열지 말아요
쏟아진 폭포의 심장으로 살아요

장엄미사*

해돋이 맞듯 서쪽 노을을 보라

천국은

서쪽에 제단을 쌓았나 보다

구름을 아름답게 거느리고

떨어지는 해

장엄하다

미사를 드리는 중이다

오늘 더 붉게 타는 서쪽 하늘

큰 별 하나가

막 길을 떠났나 보다

* 가톨릭에서 가장 규모가 큰 미사, 부제와 복사 등을 거느리고 공동집전. 김수환 추기경님 선종.

첫눈이 온다고

그가 말을 하고
나는 입만 벙긋대어도
통하는 친구가 있다면
잘 살은 사람이다

소통 게이지가 맞는 것은
결코 쉬운 일이 아니어서
시린 손 비비는 날
망망대해에서 표류하다 갇힌
내가 사는 무인도에
첫 눈발이 흩어진다

펑펑 내리는 눈 아니어도
첫눈이 온다고 전화한 친구
어느새 눈발은 잦아지는데
각기 다른 창으로 함께 본 첫눈이
쌓인 적막을 털어낸다

그렁그렁 흐르는 기류에서
눈물이 발원하는 순간
서로의 그림자가 되어준
목소리 한 자락

철렁!

AI와 인간을 증명하려면
홍채로 인간 인증까지?

방울 토마토, 방울 수박
끝내 방울 인간?
외관을 갖춘
사람답기가 점점 어렵겠다

오늘의 뉴스는
극한 기후에 현생인류도
멸종할 수 있다
93만 년 전엔 99%가 사라졌다

야수의 심장을 가진 것도 아닌데
벼랑을 짊어진 세상에
오늘도 철렁,

프로필 사진을 다시 찍다

보낸 프로필 사진이 깨어져 더 이상
사용할 수가 없다는 전갈
한동안 사진을 찍어 본 적 없는데

어쩌다 찍힌 것들은
죄다 선글라스를 썼는데
웃는 입만 남기고 표정은 가리고 싶어 했는데

변하지 않은 것 하나
불면의 질긴 끈 끊어내다 끊어내다
결국, 비틀어진 송곳니
교정기 씌울까 늘 고민한 그 엄니가
반짝 웃고 있었네

틀어진 것 바로 세울 것이
어찌 이 한쪽 엄니뿐이랴
어지러운 세상 절룩거리며 떠내려가고
미세먼지로 버무린 생 뿌옇기만 한데

아무렇지 않게 살고 있는
부끄럼도 지운 나를 교정하고 싶은데
수정된 프로필은 그저 환하게 웃고 있다

단호하게 생긴 잔주름
멍울멍울 드러난 슬픔의 자국들을
허무의 덩어리라 말하지 않겠다

나는 지금 수정이 필요 없는
그런 웃음을 지닌 프로필 사진을 찍고 싶다

3부

나의 명상법

그저 바쁘게 사는 것이
나를 다스리는 일이다

누군가를 위해 수저를 닦고
쳐진 몸 일으켜 세워
쌓인 먼지 털어내는 일도
내 마음 정갈히 하는 일이다

소식 뜸한 형제, 아득한 친구
먼저 안부 물으며
뚜벅뚜벅 걸어가는 시간도
나를 내려놓는 일이다

때로는 울컥, 속내 꺼내놓고
갈 바 없는 마음
잡초를 뽑으며 고요해지는 일이다

문고리 관절마다 기름칠하며
잡다해진 소리 가라앉히는 일이다

머리카락 한 올 때문에

영혼의 촉수가
머리카락에 솟아 있는 것도 아닌데
오염된 생각이
머리카락으로 빠져나간 것도 아닌데
왜 그렇게 민감해지지?

밥 먹다가 반찬 종지에서 끌려 나온
머리카락 한 올, 너 죽었다
황급히 종업원을 부르고
허겁지겁 은폐하듯 반찬 엎어 버리고
새 반찬으로 머리 조아리는 모습
낯설지 않다

삶의 지층에서 끌려 나온
내 머리카락 한 올이
엉클어진 영혼의 촉수가
그렇게 누군가의 국그릇에
풍덩, 빠져 있다면
석고대죄할 일인가
마법 빗자루를 타고 달아날 일인가

우주를 헤엄치는 문양을 새기고

이제는 울지 말자
질풍노도에 겹겹이 채워진 자물쇠
열어질 날 있으니

소년원에 입소한 까까머리 아이들이
깜깜한 도화지에 색색의 원을 그린다
무간지옥 슬픔을 지우고 있다

거친 호흡에 딱 붙어서 삼켜진 한숨
뭉텅이째 울컥 쏟아져 나온다

헬멧 벗어버리고
끝없이 질주하고 싶었던 들끓은 마음들
둥근 무지개 그리며 우주를 날고 있다

비우고 채운 너의 우주
만다라를 펼쳐놓고 공양하는 너
아팠던 시간이 일어나고 있다

힘들었던 고백이 더 붉어져 화려해졌다

없는 입

듣지 말아야 할 말
하지 말아야 할 말
사방 넘쳐
하느님이 마스크를 씌우셨나

골목길에 떨어진
립스틱 묻은 마스크에
묵언 수행
닫았던 입이 보인다

입이 없어졌다
족쇄 채운 발목에
잃어버린 시간이 걸려 있다

백신이 필요해
어지러운 말 꿀꺽, 삼켜주는
다물고 싶은 입 닫아주는

시, 너라는 종교

벼랑 끝에서 절망 앞에서
그리고
희로애락 다 쓸어 담고
경건히
무릎을 꿇고 통찰하는

너, 시라는 종교

딱, 한나절만 호갑투*

대만 고궁박물관에 와서
귀한 유물 가득한데도 내 눈엔 호갑투!
내가 내 손톱을 모시고 살아야 할 것 같은
거추장스럽기 짝이 없는 호갑투에
홀린 듯 눈 맞추고 말았네

여자의 손톱이라고 할 것도 없는
투박한 생에 매달린
손톱 밑 숨겨진 때 깨끗이 씻고
부러지지도 말고 때 묻히지도 말라고
긴 손톱 씌우개를 장착하고 싶다

어릴 적 끼어본 꼬깔콘 대신
루비가 박힌 꽃과 나비가 앉은 호갑투,
천수관음의 금색 호갑투도 씌우고 싶다
긴 손톱은 바다거북 등껍질을 타고
바닷속 용궁을 마음껏 흐르리

어쩌면 독이 발린 또 다른 손톱이
내 등을 할퀴고 지나갈지도 몰라

---

* 호갑투: 청나라 궁중 비빈들이 착용한 긴 손톱보호 끼우개, 바다거북 등껍질로 손톱 모양을 만들고 보석으로 장식.

나는 핏빛 영산홍 꽃잎으로
숨죽어 떨어져 있을지도 몰라

며칠만 지나도 또 바짝 깎고 싶은
쪼개질 듯 박혀있는 내 아집의 각질
바스러지는 영혼의 소리 잦아지고
곱디고운 손톱으로 환생할 수 있을까

손톱 밑이 근질근질하다
설마 상상만으로 손끝에 뿔이?

이모티콘에 대한 감정

카톡을 보낼 때 망설이는 것
명료하게 의사만 전달할까
색깔을 입혀볼까

덤인 이모티콘
절대 쉬운 감정이 아니다

오늘도
한 줄의 글에
풍경소리 실려 가길 바라며

마침표 없이
이모티콘을 얹어 보낸다
경쾌하게

1인분의 자리

상처한 동창생이
먼 산 바라보며 하는 말
혼밥도 쓸쓸한데
자주 가는 식당 문 앞에 붙여진
'1인분의 식사는 제공이 안 됨'
졸지에 문전 박대를 당했다고

큰 바윗돌이 앞을 막은 듯
돌아선 앞발도 따라오는 뒷발도
막막함에 잠시 휘청거렸다는데

오늘 가까이 사는 딸 가족이
아이의 책거리 기념으로
내게 와 피자 파티를 하겠다는데

망설이다 주문 못 한 피자 한 판
피자의 생명은 치즈라는데
치즈를 길게 늘여 끼니를 때운 날
가뿐하게 1인분의 자리를 얻게 된 날

바람의 발자국

다시 와 본 대만 예류지질공원
여왕머리 바위의 목이
더 가늘어졌다
훌훌 다녀간 지 몇 번의 봄이 지나고
내 몸 주름살 여러 개 더 그어서 왔다

늙은 생강으로 박혀있는
바위의 틈은 더 깊어졌을 것이나
변하지 않은 패키지의 일정표

또 보아도 신기한
어제와 다른 시간의 순리
바람의 발자국이 길을 내고
모두 제자리로 돌아가는 풍경

나를 깊이 수용할 나를 만나러
풍등을 날리며 길을 떠난다

소소하게 생겨나는 감정의 결박들
잠을 뒤척였다던가
낯선 향료가 든 음식 밀어내다 당긴 일도
길을 따라가면 서사시가 된다

물처럼 흐르겠다고 떠나온 길
엎질러진 커피처럼 쓰러져 잠들지 않고
바퀴 소리 들을 수 있다면
몰아치는 바람 온몸으로 밀어내며
바람의 얼굴로 걸어가겠다

오방신장무를 춰 볼까

깊은 슬픔에 빠진 날엔 오방신장무를 춰 볼까
호랑이 수염을 단 갓을 쓰고 하얀 장삼을 휘날리며
덩 기덕 덩더러러…… 춤사위
뜀사위 다 동원해 오방을 돌고 돌아볼까
이렇게 무언의 진춤, 막춤을 추고 나면
내 안에서 들끓은 그것들 과거가 재구성될까
속 시원하게 가슴을 열어줄까 다음 날이 편안할까

오늘은 울고 싶은 날, 숨 몰아쉴 것이 아니라
자, 오방신장무를 춰 보자
때론 칼춤을 추고 싶다는 너도 함께 추자
가둔 자아를 박차고 훙 끌어내어 보자
모든 슬픔 다 사라져라 훠어이 훠어이

울음이 삼켜질 무렵, 황제장군이 "쉬이…!"

연필로 쓰기

"샤프로 글씨 쓰지 마"
"왜요? 편하고 좋은데……"
"얇은 펜 심이 불안한 심리를 조장해"

"예쁘고, 깎을 필요도 없잖아요?"
"연필은 향기로운 냄새도 맡을 수 있어."
"에이, 연필에 무슨 향기가 나요?"

"향나무 냄새에 숨 들이켰지
-한밤에 홀로 연필을 깎으면 향그런 영혼의 냄새가 방 안 가득 넘치더라- 란 시인도 있었지"

시 「연필로 쓰기」를 소리 내어 읽어준다
-지워버릴 수 있는 나의 생애 다시 고쳐 쓸 수 있는 나의 생애 용서받고자 하는 자의 서러운 예비-*

인사동 골목길, 하얀 부채에 글을 써 주신
시인의 느릿느릿한 발걸음이 떠 오른다

* 정진규 시 「연필로 쓰기」.

황홀한 작별

상원사 가는 길
조릿대 군락에 대꽃이 피었다
꽃 쓰다듬고 냄새를 끌어보고 싶었는데
스치는 길 아쉬워 몇 번을 뒤돌아보았는데
이듬해 앙상한 싸릿대 되어
꽃도 댓잎도 다 죽었다

꽃이 활짝 피면
바짝 붙어 따라와 떠나가는 시간
무엇이 죽을 만큼 힘들어
피를 토하듯 마지막 꽃을 피웠나
조릿대의 시간은
존재하던 것들이 건너가는 시간
꽃의 시간은
황홀한 작별을 준비하는 시간

처절함도 노을로 지고
세상은 끊임없이 변하고
읽어도 읽어도 여전히 깨우치기 힘든
경전 한 구절
몸 벗은 조릿대가 귓속말한다
"모든 존재는 나와 다르지 않다"

탓은 한쪽으로 기울지 않아요

마음 끓여 생긴 병도
견딜 수 없어 뒤척인 것도
엎드려 빌겠습니다

살아있어 용서받지 못한 것
떠난 사람도 용서하지 않은 것
더 많이 기도하겠습니다

내가 나를 죽입니다
죽어야 살겠습니다

어둠의 배후

전쟁통에 실종된 삼촌의 유골을
국군묘지 무연고자 명단에서 찾았다

아홉 살이었던 어린 오빠에게
총알처럼 박혀있던 군번
그 기억의 숫자로
끝내 돌아오지 않은 막내 삼촌을
수십 년 지나서야 늙은 오빠가 찾은 것

종적 없는 삼촌의 혼으로
징집을 기피한 오빠는
그토록 애간장 녹이더니
어둠 속으로 사라져 버리고
죄인이 된 부모님은
밤낮을 전전긍긍
경찰서 앞을 쏜살같이 지나갔다

숨어버린 절벽의 시간은
모두 아팠다
대청마루에 깜박이던 전구
희미한 불빛 속
허공에 매달렸던 그림자

폭풍의 호흡으로 살았던 오빠
거동 못 한 세월 베고 길게 누웠다
상처의 배후는
숨어버린 시간이었다는 생각

7월의 악어

키웨스트로 가는 해안도로, 여러 섬을 이어주는 풍경을 그림같이 담아오리라는 기대는 시작부터 난항이다. 폭풍우로 연착된 비행기에서 내려 끝없이 번쩍이는 뇌우 속을 달린다.

윈도우브러쉬가 아무리 바쁘게 작동해도 흐릿한 시야, 순간 앞을 번쩍 비추는 건 번개. 빗물 곤두선 밤의 끝을 넘기고 다음 날 플로리다의 악어를 만났다.

부레로 떠 있는 식물들이 사방 꽃을 피운 거대한 공원 늪지, 에어 보트는 꽤 먼 길을 연꽃밭을 헤치며 앞으로 나간다.

악어의 콧김 밀어내듯, 또옥! 똑! 경쾌하게 뱉어내는 선장의 혀를 차는 구음이 늪에 흩어지고, 응답하듯 등을 내밀며 나타났다 사라지는 악어.

왜 악어를 보고 싶을까? 수륙 양생의 포식자, 낚아챈 먹이는 무기로 이빨을 깨어야만 놓는다는 악어의 괴력을 눈으로 보고 싶었던 걸까?

악어 쇼 관람장에서 만난 멋진 카우보이 복장의 조련사는 야차왕을 단숨에 제압하는 묘기를 보여주고, 악어의 입속에 자신의 머리를 쑤욱 밀어 넣는다.

들어간 순간보다 빠져나온 찰라, 탁! 이빨 다문 소리가 오싹 소름 돋는 쇼, 일용할 양식인 관람료와 몇 달러의 팁은 목숨을 담보한 아찔한 믿음의 댓가인 것을.

"악어 눈물 증후군"을 TV 사건 현장에서 본다. 일면식도 없는 여자를 성폭행하여 목숨 꿀꺽 삼키고, 붙잡히자 없던 눈물도 흘리는 세상.

어디에서 솟구칠지 모르는 무차별한 괴력이 등 뒤에서 비수를 꽂는 대낮, 이웃처럼 눈 마주치다 누가 불시에 이빨을 드러낼지는 모르는 악어떼, 7월의 폭우처럼.

인연

돌아설 수 있는데
돌아서지 않는 것은

안 해도 되는 일을
하고 있는 것은

헤아릴 수 없는 울음
단단히 디디려는 발

자꾸만 눈에 밟혀
명치 끝에 걸렸다

봉숭아꽃

여름이면 풀 먹여 빳빳한
모시 적삼을 입으시던 어머니

장독대 금 간 함지박에도 씨앗 뿌려
봉숭아꽃 흐드러지게 피면
백반 넣고 찧어 손톱에 올리고
싸맨 아주까리잎 칭칭 실 매어 주셨다

행여 꽃잎 물 광목 홑이불에 닿을까 봐
언니와 나는 새우잠을 잤다
동여맨 실이 먼저 꽃물 들어버렸다

땀띠 분 뽀얗게 바르고 부채질하는
봉숭아꽃 물드는 여름은
매미 소리 등에 업고 푸른 감이 익어갔다

겹겹 시름에 근심 지우지 못해도
해마다 손톱에 빨간 소망 물들여 주신
보고 싶은 어머니
올해도 봉숭아꽃이 피었다

4부

신사와 닭발의 꿈

골목 시장 노점에 한 남자가 매운 닭발을 뜯습니다
양손에 일회용 비닐장갑과 턱받이도 걸쳤습니다
소주 한 잔 들이켜네요
신발 속 발가락이 꼼지락거립니다
온몸을 지탱하여 준 다섯 발가락이
밤마다 양말을 벗어 내동댕이친
불확실한 거처에 세 들어 사는 그 발가락이
함께 불쾌해집니다
내일은 뚜렷한 일정이 없습니다
그런데도 늘 발열되는 발바닥에
동그란 지압 파스를 붙이지요
발가락은 힘이 풀리지 않으려고 안간힘을 씁니다
어둡고 매운 눈물이 붉은 콜라겐과 섞여 녹아내리며
허공에 걸린 허기를 채웁니다
뼈가시 다 뽑아낸 무뼈 닭발이 되기까지
닭발이라고 왜 꿈이 없었겠습니까

한잔으로 기울다

식전 음료로 주문한 상그리아
바텐더의 손길을 바라본다

단정한 유니폼을 입은 앳된 아가씨
이 병 저 병 바쁘게 병들을 기울이는데
동료랑 웃음 짓고 얘기를 나누며
잔에 따르고 또 따르고 또 ……
뜬금없이
기울어 흐른 슬픔을 센다

저렇게 하염없다가 아무도 원치 않는
아이가 태어나면 어쩌지?
몇 방울씩 되풀이하던 그 아가씨
유리 빨대로 맛까지 확인한다
몇 번 더 슬픔은 기울어지고
상그리아 한 잔 드디어 내게 왔다

기다리는 한 모금의 그리움도
그렇게 방울방울 모여 빈 잔을 채우는가
처음으로 맛본 상그리아가 황홀했던 이유
불안한 웃음도 섞이고 또 섞이면
만장으로 펄럭인 슬픔도
절묘한 맛으로 아련해지는 것

뛰는 심장이 기쁨이었을 때
어떤 순간에도 영원을 약속하자던 말
그렇게 샹그릴라*에서 대답한 추억이
주르륵 흘러 젖었다

*신비롭고 아름다운 산골짜기, 그런 장소를 비유적으로 가리키는 말.

그런 떨림, 그런 메마름

나를 꽃이라고 불러준 사람
눈빛마저 근심을 지우는 사람

내게 상처를 주고 떠난 사람
눈에 띄지 않은 손수건처럼
나는 오래 접혀 적막하고

그런 떨림, 그런 메마름
이제는 다 덮어두고
다시 만난다면

오지 않는 나를 기다리던
고속버스정류장 그 자리에서
차 한잔 따뜻이 함께하겠네

먹먹하지 않게 배웅하겠네

거룩한 등

곡기 끊으시고 겨우 입술만 적시던 어머니
물 한 방울 흘리지 않는 분이
닦고 싶다 손짓하며 힘겹게 몸 일으키신다
어머니는 몸 깨끗하게 눈 감고 싶었을 터인데
안아 올린 몸이 깃털처럼 가볍다

대야에 앉혀 아기 몸 씻기듯 조심스레 닦는데
주저앉은 골반이 우두둑, 뼈가 운다
살 흐르지 못해 뼈가 운다
곡진한 세월 삭아지고 휘어진 어머니
뼈만 남은 어머니의 등을 스펀지로 적시며
때처럼 밀리는 살가죽에 생의 거품을 얹었다

평생 애절했던 어머니의 기도를 쓰다듬는다
삼킨 내 울음과 소리도 못 내는 어머니의 울음이
목욕물과 함께 하염없이 흘렀다
다시 한번, 어머니의 몸 닦아드릴 수 있다면
가없게 주저앉은 어머니의 등
그 앙상한 슬픔에 뜨겁게 입 맞추리라

엄마가 보인다

장독대 높은 항아리 뚜껑 위에
정화수 한 사발 놓여있다
옆 채반에는 하얗게 분 오른 곶감들

찬바람 견뎌내던 그 울타리 안에
달을 품은 어머니의 젖은 등이 보인다

힘줄 꼿꼿한 숯 조각과 청솔가지
빨간 주머니에 금돈 열 냥 채워
새끼줄 꼬아 대문 앞에 매달았다
두 손 모아 숙인 굽은 등이 보인다

아들의 새 생명을 기다리는 이 순간
촛불 한 종지 켤 때마다
정화수 한 사발과 가로 쳐진 금줄이 보인다
엄마가 보인다

때문에, 때문에

너 때문에 나는 무너졌고 찢어졌고 막막했다
너 때문에 나는 목울대가 뜨거워지도록 울었다
너 때문에 나는 웃고 있어도 웃는 게 아니었다
너 때문에 나는 피의 색깔도 바꾸는 투구게였다
너 때문에 다시 태어나고 싶다는 말이 죽도록 아팠다

마음 졸이며 살고, 기죽어 살고, 곁핍으로 살았다

너 때문에 나는 세상의 헛것과 싸울 힘이 생겼다
너 때문에 나는 서러운 이 길이 거룩한 길임을 알았다
너 때문에 나는 운명을 사랑하며 기도하는 법을 알았다
너 때문에 나는 내 삶이 축복이고 사랑이었음을 깨닫는다
너 때문에 위기 앞에서도 주저앉지 않는 믿음을 가졌다

죽어도 또 살아나고, 살아가는 이유라서 고맙다

거미의 생각

당신과 나
우린 어디서부터 거미줄을 짰나요
뿌연 안개 속 마주 본 얼굴에서
쓸쓸한 그늘을 본 순간일까요

폭우 견뎌내며 잠 못 이룬 생각
웅크려 잠든 몸은 점점 작아져요
그래도 하루는 시작되고
어딘가에 새 거미줄을 짜야 해요

세상천지
끊어지지 않는 끈은 없어도
거미줄 칠 곳은 사방 보여요
불의 심장을 이어가려면
창으로 머리를 꿰고
눈알을 빼 먹을 듯 혀를 내민
전사가 되어야 한 대요

만월에도 번쩍거리는
낚싯줄 같은 거미줄을 짤 거예요
거미줄을 건너야 할 때
꼭 잊지 말 것은 발톱을 세울 것

내가 내 거미줄에 걸리지 않도록
빠르게 지나가야 한다는 것

그 집 앞에 멈춰 섰다

선정릉 새벽 산책길을 돌아 나오다 탄핵 중인 전직 대통령 삼성동 사저, 그 집 앞을 일부러 지나갔다.

좁은 골목엔 밤을 새운 지지자 몇, 쉰 목청으로 아침 공기를 흔들고 깔고 앉은 종이상자는 민주의 가치인 양 길 모서리에 철퍼덕 누워있다.

빛을 기다리는 걸 아는지 해가 뜬다. 열리지 않는 대문 앞, 어디서 왔는지 영문 모르는 새 한 마리 날아간다.

그분을 포승줄로 옭아맨 것은 왜 인가, 옆 사람을 잘못 둔 탓인가.

분기탱천 사방 들끓고, 꼬리를 문 죄와 의문의 익사체가 무수히 떠내려간다.

시술 의혹이 있었던 그 시간, 주름살은 죄가 없다는 것, 실리프팅이 죄가 아니라 그 자리는 리프팅으로 채워질 수 있는 자리가 결코 아니라는 것.

그런데 어쩌나! 내가 하고 싶은 주름살 시술엔 어느 누구도 관심이 없다는 것을.

그래서 좋다. 아무것도 아닌 내가, 불 지핀 팩트도 거짓 서사도 검증이 필요 없는 요즘의 내가.

촛불에 참여하자는 아들과, 반대 집회에 깃발 들고 상경한 친구는, 미심쩍은 행보 서로 규탄하는데.

난 스스로 '위리안치' 마스크에 입을 파묻고 침묵한다.

'비겁하다' 누가 나에게 돌을 던져도, 난 한 번도 투표를 기권한 적 없다.

누군가의 팬이 되어

좋은 시를 만나면
주저 없이 건네는
팬이라는 말, 참 가슴 설레는 말

거리 두기로 굳은살 박일 때
무거운 마음 덥석 끌어 올려준
트롯의 밤
살면서 가수의 팬이 된다는 걸
한 번이라도 상상한 적 있었던가
같은 곡 다시 돌려본 적 있었던가
괴이한 일이다

반쪽밖에 못 되는 내 팬심에
찐 팬들 보면 공연히 미안해지는
손뼉만 치는 그런 팬이다

어느 아들이 팬 카페에 올린 편지
불의의 사고로 돌연 세상 떠난 엄마
해줄 수 있는 일은 장례 기간 내내
늘 애지중지 들으시던 그 노래
영정 앞에 틀어놓고 애도했다는데
엄마와 함께 간 콘서트, 행복한 동행

그런 추억마저 없었더라면
더욱 기막힌 이별이었을 거라고

'팬입니다!'
빛이 나는 말, 위로가 되는 노래
유리창을 닦는 마음처럼
바람의 때가 어느덧 씻겨나가는
한 줄의 시, 한 자락의 노래

닫힌 귀

오죽하면 십계명을 깨뜨렸을까
렘브란트가 캠퍼스에 그려놓은 모세를
종횡무진 활개 치는 거짓 선지자가
그 얼굴빛을 본다면 어떤 생각이 들까

혼돈의 세상을 이기는 방법은
순하게 마음 열어 먼저 잘 들으라는데
꽉 닫힌 귀, 보청기도 소용없는 귀
모임에서 정치 얘기는 금기사항
서로의 생각이 격돌할까 꽉 다문 입

귀를 여는 것이 이처럼 어려울까
말머리가 삐죽 나오면 끝장도 못 보고
오늘도 굳어진 등만 바라본다

오라, 귀가 열려있는 세상
신문 지면마다 푸른 희망이 솟아나고
모세의 울부짖음이 들리지 않는

내 아이들이 집으로 돌아올 때
벼랑 위의 집에서 맞이할 순 없다

비백飛白을 읽고

시집 비백飛白을 읽는다
꽤 오랫동안 안부 여쭙지 못함에
먹먹했는데 시집을 대하고 불과
몇 달 후 돌아가셨다는 비보
시인은 떠나셨지만
빛나는 비백을 꿈꾸던 그분을
요즘 자주 뵙는다
시 안섶 깊숙이 비워놓은 여백이
고도로 절묘하다
신나게 노는 것처럼 상상력은 극점
툭, 던지는 해학이 깃발로 흩어진다
책장을 넘기는데 터지는 웃음
시편마다 막걸리 한 잔 걸쳐 놓은
곡진한 시의 결을 온종일 따라가 본다
"에꾸나! 어쩜 좋노
 전원생활? 니, 해라 난 보따리 싼다"

가식이 없는 1미터의 사랑과
그 〈원서원〉이 그립다

그 섬에 가고 싶다

홀로서기 하려고 무작정 떠나
여러 번 한달살이 했지요
담 너머로 넘겨준 무우로 깍두기 담고
오일장에서 옥돔과 가자미도 사 왔지요

쑥과 모싯잎으로 떡을 만든 풀숲은
무겁게 구름 낀 날도 많았어요
내려앉은 하늘이 숨 막혔나 봐요
땅 밖으로 나온
알록달록 무늬 뱀과 검은 뱀들
내 기척에 놀라 줄행랑을 쳤지요
뒤꿈치 물릴까 봐 솜털 곤두섰지만
풍차 도는 해안도로에서는
바람의 꼬리가 더 정겨운 그리운 그곳

배낭 하나 비운 듯 메고
수십 리를 걸어가는 무량의 시간
상추 뽑아 노을 함께 싸 먹는 저녁
길동무가 있으면 좋겠다는
그 생각 왜 안 했겠어요

빨갛게 웃는 산딸기
느릿느릿 걷는 내게 고개 내밀면
구름 한 조각과 함께 카메라에 담아
나는 혼자가 아니라며 물 위도 걷고
세상 품어 잘 살아있다고 물밑도 걷고

그때는 참말
쇼생크 탈출의 주인공처럼
갇힌 구멍에서 뜯어낸 돌들이
걸음걸음 바지 밑으로 빠져나가요

후미당後美堂

유학자이신 그분께서
일필휘지로 써 주신
황송한 아호 후미당後美堂
이 별호를
한 번도 써 본 적이 없다

지금부터라도
뒷모습이 아름다운
사람으로 살자고
이십 년 동안 고이 접어둔
묵은 한지 한 장
액자에 끼워 넣는다

후사경後寫經으로 삼아
허물 쌓아두지 않으려고
벽에 걸어둔 다짐, 결기의 틀
돌아보니 앉았던 자리
아름답다 말하고 싶다

몹쓸 병

까맣게 태운 마늘은
뒤늦게 뒤집었거나
굽는 순서가 잘못되었다는 걸
먹을 수가 없을 때 안다

시간을 간수 못 하는 것도
병이다
하필 그 시간에
빨래를 널다가 버스를 놓친 것
핸드폰 찾다가 시간을 흘린 것
먼저 가 있을 때를 대비하지 못하여
쫓기며 쫓기며
숯덩이로 탄 적이 많다

예견된 일임에도
아버지 임종 지키지 못한 것은
마지막 순간에
살아있는 숨소리 품어 안지 못해
가슴 친 그 몹쓸 병이다

풀어진 끈을 묶으며

꽃피는 나무 심어 두었을 것 같은
옷깃도 멋스러운 뜨개옷을 물려받았다
예사롭지 않게 공글린 솜씨에
똑같이 만들어 보고 싶은 셔츠

실 코를 세며 옷을 짜셨다는 분
비운의 마지막 황태자비
거부할 수 없는 운명과
결연히 국경 넘어온 그분을 떠 올린다
작은 아낙이지만 큰 바위 여인
첫 코 매듭 묶었을 때가
어림잡아 손꼽아도 오십 년이 넘었다

온전치 못한 아이들을 위해
명휘원에서 열었다는 사랑의 바자회
그곳에서 생의 실타래 마주 잡아
엮은 그물이 추운 발등을 덮었다

나 오늘 풀 뽑으러 갔다가
땀으로 갈아입은 실 뜨개 셔츠 한 벌
고이 모셔와 시간의 얼룩을 지운다
풀어진 실 끈 단단히 고쳐 묶는다

세월의 등에 삐죽삐죽 솟아난 실에게
큰 구멍 아니어서 고맙다고
단단한 힘줄로 남아줘서 고맙다고
풀어진 끈 묶으며 머리 숙인다

짧은 실은 옮아매기 더욱 어려워
눈앞으로 바짝 당겨 손톱을 세운다
첫 코를 뜨던 마음 다시 잇는다

해설

사물의 사랑, 정신의 윤리

이숭원(문학평론가, 서울여대 명예교수)

1. 시가 오는 사랑의 행로

정호승 시인은 김정인 시의 중요한 특징을 정확하게 포착하여 간명하게 제시했다. 그는 김정인의 시가 "사물과 자연이 인간을 얼마나 소중히 여기고 어떻게 사랑하는가를 섬세하고 다양하게 보여준다"라고 언급했다. 이 말은 김정인 시의 핵심을 드러낸다. 시는 어디서 오는가? 김정인의 경우 시는 자연과 사물에서 자신도 모르게 다가온다. 자연과 사물은 겉으로 보면 단순하고 평범해 보인다. 그러나 평범한 것을 평범하지 않게 받아들일 때 시가 탄생한다. 평범한 대상에서 특별한 의미를 찾아내서 그것에 맞는 이름을 부를 때 시가 찾아온다. 김정인 시의 접힌 갈피를 유심히 살펴보면 시가 어디서 오는지를 알 수 있다. 보통 사람이라면 스쳐 지나갔을 장면을 세심하게 보고 거기서 자신의 생활 영역과의 관련성을 찾아낸다. 김정인 시인의 레이더는 매우 특별해서 대상과의 거리를 넘어서서 사물이 전해 주는 인연의 속삭임을 예민하게 감지한다. 대상과 인간이 어떤 연줄로 이어져 있음을 알고 그 사물이 우리에게 전하려는 의미를 찾아낸다. 여기에 김정인 상상력의 비범함이 있다.

표제작인 「느닷없이 애플파이」는 서사 과정의 생략과 함축으로 문맥을 한눈에 파악하기가 쉽지 않다. 이 난처함은 우리가 마주한 대상의 의미가 우리에게 쉽게 드러나지 않는다는 사실을 알려주는 일종의 기호적 장치다. 행간에 생략된 사연을 상상하며 잘 따라가 보면 시의 문맥을 파악할 수 있고 그야말로 '느닷없이' 시가 탄생하는 비밀을 알아낼 수 있다. 시는 그렇게, 예기치 않은 순간, 느닷없이 우리에게 다가와 잊을 수 없는 자취를 남긴다.

이 시는 제주도 리조트의 빵집에서 애플파이를 사면서 겪은 일이 소재가 되었다. 사과를 재료로 한 그 애플파이는 외형도 빨간 사과의 모습을 하고 있다. 파이 앞에는 '느닷없이 애플파이'라는 문구가 포크에 꽂혀 있다. 그 낱말이 너무 신기해서 동화의 나라에 들어간 것처럼 여러 가지 상상이 솟아난다. 사과 같이 생긴 파이를 사과처럼 넷으로 나누어 사이좋게 먹고 푸른 파도를 보고 갈매기 나는 모습도 보았다. 거기서 얻은 시각과 청각과 미각의 감미로운 조화는 잊을 수 없는 추억을 안겨 주었다. 설레는 마음을 달래며 숙소로 돌아올 때 포크가 상상의 낚싯봉이 되어 "생각의 부력을" 띄우고 "막힌 숨을 뚫고" 시인의 마음에 여러 가지 시상이 떠오르게 했다. 우연히 접한 애플파이 하나와 '느닷없이 애플파이'라는 푯말 하나가 시의 우주를 빚어낸 것이다. 그렇게 시의 언어와 만나게 된 것은 시인이 대상을 자신과 유관한 유정한 대상으로 받아들였기 때문이다. 시인이 대상에 마음을 열었기에 대상도 시인에게 사랑의 눈길을 보낸 것이다. 애플파이 하나, 포크 하나, 팻말 하나까지 사소히 넘기지 않고 사랑의 눈길로 볼 때 그 대상은 시인에게 나가와 꽃이 된다.

율동공원으로 꽃구경 간다
목 길게 늘인 번지점프대
휠체어에 앉아 지나가는 사람
봄볕에 웅크렸던 발가락을 편다
목련꽃 피어나는 한낮
길은 사방으로 뻗어 있다
올봄엔 가지 못한 길도 가 볼까
내가 길이 되어 온 세상 휘휘 휘돌아
후투티가 날아온다는 그 섬에 가 살까
훈풍에 등 떠밀려
공원 주변 카페를 두리번거린다
저기에는 시집이 몇 권 있었지
어느 날은 헝가리춤곡이 흘러나왔지
블루베리 머핀도 있었지
날개 말린 나비 되어 팔랑이다가
출구에서 냉이 한 바구니 사 왔다
냉잇국에 봄날의 취기가 가득하다
심한 입덧은 아니었는지
봄날 울렁거림이 가라앉았다

—「봄날은 울렁거린다」 전문

이 시의 첫 구절이 무심해 보이지만 그 시행은 깊은 의미를 담고 있다. 그것은 시적 상상력의 역동적인 에너지를 품고 있다. "율동공원으로 꽃구경 간다"라는 말에는 율동공원이라는 대상이 시인에게 주는 사랑의 중량과 꽃구경이라는 행위가 부여하는 주체와 대상 사이의 높은 전압이 실려 있다. 다음에 열거되는 다양한 대상들도 시인에게 사랑의 눈길을 보내는 의미 있는 질료들이다. "목 길게 늘인 번지점프대"와 "휠체어에 앉아 지나가는 사람"이 갖는 대조적 영상도 시인에게 사랑을 준다는 점에서는 동질적이다. 사람을 기다리는 운동기구나 휠체어에 의지해 지나가는 사람이나 봄기운을 맞아 웅크렸던 발가락을 편다는 점에서는 차이가 없기 때문이다.

시인은 모든 대상을 차별 없이 평등하게 받아들인다. 그래서 목련꽃 피어나는 한낮의 길이 사방으로 열려 있다고 생각한다. 그에게 막힌 길은 없다. 그런 맥락에서 올봄엔 가지 못한 길도 다 가 보겠다는 생각이 자연스럽게 우러난다. 거기서 더 나아가 자신이 아예 길이 되어 온 세상 휘휘 돌아 후투티가 날아온다는 섬에 가 살겠다는 현실 초월의 상상도 가능해진다. 상상의 영역 속에서는 불가능이 없다. 시의 상상은 무한 자유의 날개를 펼친다. 시인은 훈풍에 힘을 얻어 흥겨운 마음으로 공원 여기저기를 돌아다닌다. 공원 카페의 정경, 헝가리춤곡의 음률, 블루베리 머핀의 미각도 머리에 떠오른다. 시각과 청각과 미각이 어울린 사랑의 변주곡이 울려 퍼진다.

봄꽃 핀 동산의 나비처럼 율동공원을 율동하다가 시인이 최종적으로 손에 넣은 것은 한 바구니의 냉이다. 냉이라는 사물은 대상의 가치로만 보면 별것이 아니다. 그러나 시인에게는 봄의 정취를 알리는 사랑의 선물이다. 봄기운 담긴 냉잇국으로 봄날의 울렁이는 입덧을 가라앉히고 마음의 평정을 얻게 된다. 봄에 접한 모든 사물이 시인에게 정성을 베풀고 사랑을 부어준 것이다. 이러한 사물의 인간 사랑이 김정인 시의 본질을 이룬다.

봄날의 사랑이 이러하다면 가을의 사랑이 어떠한지를 보여주는 작품이 있다.

은행잎 수북이 떨어진 골목길
청소미화원이 낙엽으로
황금빛 하트를 그린다
담장 위에 손을 얹은 우주 몇 장
바람에 떨어져 빗자루에 쓸린다
나무 꼭대기에서도 보이도록
쓸어 모으고 쓸어 모은
커다란 하트
나는 길을 멈춰 묵묵히 비질하는
꽉 다문 침묵을 읽다가
낙엽 떨어뜨린 나무를 바라본다
'나도 우주다!' 눈짓하는 나뭇잎이
바스락, 헛기침한다
한솥밥 먹고 사는 식구라고
침묵으로 말하는 사이라고

—「침묵으로 말하는 사이」 전문

은행잎 수북이 떨어진 골목길에 청소미화원이 낙엽을 쓸고 있다. 시인은 그것을 낙엽으로 황금빛 하트를 그린다고 표현했다. 미화원이 빗자루로 은행잎을 쓰는 모습을 그렇게 표현한 것이다. 이 장면도 대상에 대한 사랑이 없으면 나오지 않는 구절이다. 사랑의 눈길로 대상을 보자 미화원이나 은행잎도 사람을 소중히 여기고 사랑하는 태도를 보인 것이다. 닭과 달걀 중 어느 것이 먼저인지는 알 수 없으나 주체와 대상이 사랑의 감정을 나눈 것은 분명하다. 시인은 사유를 확대하여 담장 위에 손을 얹은 우주 몇 장이 바람에 떨어져 빗자루에 쓸린다고 표현했다. 떨어진 나뭇잎을 작은 우주로 상상한 것이다. 자연을 통한 가시적 상상의 지평이 우주론적 상상으로 확대된 것이다.

미화원이 쓸어모은 은행잎 하트는 우주처럼 크고 넓게 퍼져 커다란 사랑의 도형이 된다. 미화원은 아무 말 없이 침묵 속에서 묵묵히 빗질만 하고 있다. 잎이 다 떨어진 나무를 올려다보니 커다란 우주의 모습이 눈에 들어온다. 키 큰 나무만 우주가 아니라 거기서 떨어진 작은 나뭇잎들도 다 우주다. "나도 우주다!" 눈짓하는 나뭇잎이 나무를 향해 바스락, 헛기침하며, 한솥밥 먹고 사는 식구라고, 침묵으로 말하는 사이라고 속삭인다. 이것은 놀라운 시적 발견이다. 나무와 나뭇잎이 주종의 관계가 아니라 대등한 관계에 있고 서로 의미를 나누는 "한솥밥 먹고 사는 식구"라고 하는 말은 시인의 대상 사랑이 우주적 인식으로 확대되었다는 사실을 알려준다. 이제 시인은 침묵으로 오가는 우주의 소리를 들을 수 있는 자리에 이르렀다. 이것이 시가 우리에게 가져오는 선물이요 축복이다. 시가 아니라면 이러한 침묵의 음향과 우주적 인식을 어디서 접할 수 있겠는가. 어느 사이에 시가 우리에게 찾아와 신비로운 침묵의 언어를 선사했다. 시는 어디서 오는가? 우리 주위의 대상에서 우리도 모르게 찾아와 상상의 파문을 남기고 사라진다. 참으로 신비로운 일이다.

2. 정제된 절제의 윤리

김정인 시인은 상상의 신비로움이나 대상과 사물의 사랑에만 관심이 있는 것이 아니다. 그의 시 정신은 명증한 윤리 의식에 뿌리를 내리고 있다. 그는 삶의 지평을 선善의 방향으로 이끄는 정신의 역학에 힘을 기울인다. 자연과 사물이 안겨주는 사랑도 사실은 이 윤리 의식과 연결되어 있다. 그의 실존 영역에서 시와 삶은 분리되지 않는다. 시는 그의 정신과 생활을 지탱하는 존재의 거점으로 작동한다. 그는 윤리적 실천을 통해 정결한 세계에 다가가기를 희구한다. 그가 도달하고자 하는 이상의 경지는 매듭이 정갈한 은빛 순결의 세계다.

시인은 「풀어진 끈을 묶으며」에서 오십 년 넘게 간직한 뜨개옷을 보며 첫 코 매듭 묶었을 때로부터 지금까지 이어진 세월을 떠올리며 그 모든 시간이 순수의 빛으로 이어지기를 염원한다. 풀어진 매듭의 한 올 단단히 고쳐 묶으며 "단단한 힘줄로 남아줘서 고맙다고/풀어진 끈 묶으며 머리 숙인다"라고 했다. 이 경건한 기도의 자세가 그가 추구하는 정신의 표상이다. 「행복한 소일」은 팔순이 넘어서도 뜨개질을 계속하는 노인이 소재다. 큰 수술을 받은 힘겨운 상태에서도 가방 짜는 일을 행복으로 여기며 뜨개실을 코바늘에 꿰어 한 땀 한 땀 밀어 넣으면 모든 고통이 사그라진다는 어느 행복한 노인의 이야기다. 시인은 한 땀 한 땀 정성을 기울이는 행동의 윤리를 중시하고 최선을 다하며 살아가는 정진의 자세를 중시한다. 이것이 김정인 시인이 갖는 삶의 윤리다. 그의 시 쓰기는 정신의 단련에서 얻은 위안과 치유요 정신의 순결성에 대한 감사의 체험이다. 그러한 감사에 이르기 위해서는 자기 단련의 시간이 필요하다. 그것은 그의 시에서 산행 체험으로 현현된다.

> 눈꽃 축제가 한창인 태백에 와서
> 혹한의 산을 오른다
> 산등성에 다다를수록 나이든 주목들은
> 결연히 고개 숙이고
> 나는 언 발가락을 꼼지락거리며
> 마비되어 오는 손끝을 비튼다
>
> 오던 길 돌아설까 망설이는데
> 큰 소리로 바람이 운다
> 한때는 나침반이 되기도 했던 바람
> 울음을 뱉지도 못하는 나무들은
> 되돌아가는 길도 쉽지는 않다고
> 앞만 보고 가라고
>
> 눈 덮인 가파른 비탈길
> 누군가 비닐 썰매를 타고 지나가고
> 위태롭다 주춤거린 등산로 밧줄엔
> 고르는 숨 한 뼘이 기대어 있다
>
> 간신히 겨울 산 내려와

얼음 박힌 긴 밤 뒤척이는데
창문 흔들며 바람이 지나간다
뒤집어쓴 이불 위에 또 이불을 덮은
겨울의 한복판
어디서부터 시작되는 바람인가
깊은 밤 끌어안고 잠든 눈 조각상
희미한 불빛이 새어 나온다

—「바람이 운다」 전문

시와 삶과 정신을 분리되지 않은 상태로 유지하기 위해서는 실존의 노력이 필요하다. 시인은 신체를 단련하여 정신의 건강을 추구하려는 노력을 벌인다. 이것이 순수 유지의 존재론적 거점이 된다. 세월의 매듭을 추스르며 한 땀 한 땀 정성을 기울이는 뜨개질의 윤리가 겨울 산의 등반 체험으로 전환 표현된다. 최선을 다해 살아가는 정진의 자세는 뜨개질이나 등반 과정이나 다르지 않다. 그는 산을 오르면서 정신의 윤리를 단련한다. 그의 시 쓰기는 내면의 순결을 지키려는 극기의 고행이다.

시인은 동네 뒷산을 오르는 것이 아니라 혹한의 설산을 오른다. 산등성에 다다르니 나이 든 주목이 보이는데, 그 늙은 나무들은 혹한의 백설에 결연히 고개 숙이고 시련을 견디고 있다. 시인은 그 견인의 자세를 본받고자 한다. 몰려오는 고통은 어쩔 수 없어 "언 발가락을 꼼지락거리며/마비되어 오는 손끝을" 비틀지만, 등반의 의지는 꺾이지 않는다. 오던 길 돌아설까 망설이면서도 크게 우는 바람 소리를 들으며 오히려 정신의 의기를 가다듬는다. 지금 거센 바람이 불지만, 그 바람은 "한때는 나침반이 되기도 했던 바람"이다. 바람은 희망을 날려 버리고 가혹한 시련을 안겨주기도 하지만, 희망을 안겨주기도 하고 가혹한 상태에서 벗어나게도 한다. 힘들어하는 시인에게 주변의 나무들이 "되돌아가는 길도 쉽지는 않다고/앞만 보고 가라고" 일러주는 것 같다. 눈 덮인 가파른 비탈길을 위태롭게 오르며 등산로 밧줄에 기대어 잠시 숨을 고른다.

힘든 산행을 간신히 마치고 숙소에 돌아와 뒤척이며 추운 겨울밤을 보내는데 창문을 흔들며 바람이 지나간다. 추위를 견디려고 이불 위에 이불을 덧씌우며 겨울밤 한복판을 관통한다. 바람은 끝이 없는 것 같지만, 그것은 견디어야 할 바람이요 이겨내야 할 바람이다. 바람에 대처하는 시인의 무기가 바로 정신의 윤리다. 시인은 "깊은 밤 끌어안고 잠든 눈 조각상/희미한 불빛이 새어 나온다"라고 썼다. 여기 나오는 '눈 조각상'은 무엇일까? 눈으로 조각한 상이라면 온기에 금방 녹아버리고 말 것이다. 눈 조각상에서 희미한 불빛이 새어 나온다고 했으니 그 조각상은 실제가 아닌 상상의 대상이다. 이것은 시인이 지닌 정신의 윤리가 창조한 가상의 상황이다. 눈처럼 순수하고 밝은 상징의 아이콘을 내면에 품고 겨울의 추위와 바람을 이겨내려고 분투하는 것이다. 이불을 두 개 덧씌워도 추위를 이겨낼 수 없으니, 눈으로 만든 순결의 조각상을 가슴에 품고 거기서 풍겨 나오는 희미한 불빛에 의지하여 세상의 시련을 견디려 하는 것이다. 그런 의미에서 그의 겨울 산행은 정신의 윤리를 더욱 정련하는 통과 의례다. 세상을 살면서도 겨울 산행을 하듯 세상의 바람과 맞서고 세상의 추위를 이겨내면서 살아가는 것이다. 그러니 그의 내면에는 언제나 '눈 조각상'이 존재하고 거기서 나오는 은은한 불빛이 존재한다. 그 행로를 유지하게 하는 동력이 바로 시 쓰기이다. 시가 있기에 순결한 정신이 유지되고 삶의 불빛이 밝혀지게 된다.

그러니 그가 '낙타커피'가 있는 문학관에서 감동을 얻어 시 「낙타커피」를 쓴 것도 우연이 아니다. 모래바람 수없이 삼킨 하얀 낙타가 커피를 내리는 그곳에서 세상의 시련을 극복한 낙타의 커피를 마신다고 상상한 것이다. 그 커피는 "명사산을 오르며 목축인 한 모금의 물"과 같다고 했다. 세상의 시련과 고초를 이겨낸 한 모금의 물이 바로 시인이 빚어낸 시라는 뜻이다. 시인이 사막을 헤매고 다니는 것은 우리의 생명을 적실 시 한 줄을 얻기 위해서다. 시가 생명의 근원이기에 사막을 걷는 낙타는 "시의 혼령을 찾아 누울 자리를 찾아 헤맸을 것"이라고 했다. 그 낙타커피가 "내가 찾아간 사막을 불러 왔네"라고 썼다. 순결의 시심이 또 하나의 시심을 자극한 것이다. 마치 하나의 원자가 다른 원자에 충격을 가하는 연쇄 작용처럼 시인의 상상도 연쇄적으로 작동한다. 시인은 다음과 같이 썼다.

나의 낙타는 잘 있는지
지금도 하얗게 엉겨 붙은 긴 속눈썹 무겁게 뜨고
누가 등에 올라탔는지는 아랑곳없이
걸음 맞추어 요령 흔들며 무심히 지나가는지
저절로 닫히는 콧구멍으로 썩은 냄새 막고
묵묵히 등 내어 준 쌍봉낙타
타들어 간 발바닥은 사막을 안고 있는지

코끼리 발바닥으로 바뀌어 발톱으로

모래사막을 건너는 낙타처럼
한 줄의 시도 비워 내어야 얻을 수 있듯
숙명으로 사막을 건너가는 낙타를 만나러
바람 부는 날 아니어도 낙타커피를 마신다
푸른 나무 보이는 월아천이 있다
백로와 청둥오리가 사는 범어천이 있다

—「낙타커피」 부분

시인은 순결한 정신이 응축된 시인의 문학관에서 시심의 자극을 받고 숙명으로 사막을 걷는 낙타를 상상하며 자신이 낙타가 된 듯 한 줄 시를 얻게 된 감화의 내력을 이야기한다. 시를 쓰려면 누가 등에 올라탔는지, 사막에 발바닥이 타는지 아랑곳하지 않고 묵묵히 모래사막을 건너는 낙타의 자세를 가져야 한다. 마음을 비워 내야 한 줄 시를 얻을 수 있는 것, 푸른 나무 보이는 월아천은 상상의 윤리 속에 탄생한다. 그러한 상상 속에 문학관이 위치한 범어천은 푸른 나무 보이는 이상의 공간이 되고 순수시 탄생의 상징으로 상승한다. 이로써 김정인의 사유 공간에서 시가 존재의 중심이 되고 윤리의 바탕이 된다는 사실을 알 수 있다.

3. 모성의 사랑과 소망

김정인 시의 상징 창조와 정신 윤리의 작동 과정에서 매우 중요한 작용을 하는 아이콘이 어머니다. 김정인 시인 자신도 어머니이지만 그의 마음에 간직된 모성 표상은 사유와 정신의 작동 과정에 수시로 개입하며 그의 시를 이끌고 상상을 주도한다. 그의 시에 어머니가 작은 요소로 등장하는 작품부터 읽어 보겠다.

「(그 경계)-어머니의 서랍」은 어머니에 대한 작은 기억을 시로 옮긴 작품이다. 여기 담긴 내용은 노인을 모시고 산 사람이면 누구나 겪었을 만한 사연이다. 어머니의 거처를 옮기기 위해 창고를 정리하며 쓰지 않는 물건을 버리려 하자 어머니가 "차라리 늙은 어미도 내버려라"라고 하셨다는 것이다. 노인들은 쓰던 물건에 애착이 있고 지금 쓰지 않더라도 버릴 수 없는 추억의 사물이 있다. 돌보는 사람으로서는 어머니의 짐을 덜어드린다는 의미가 있지만 어머니에게는 삶의 추억이 담긴 유물이기에 포기할 수 없는 것이다. 존재가 사라질 날이 머지않을수록 애착은 더 커진다. 켜켜이 쌓인 짐 더미에 열리지 않는 서랍이 있으면 그 서랍 안에 무엇이 있는지 더 궁금해지는 것이 인간이다. 어머니는 오래 사셨기에 그러한 삶의 역사를 더 많이 끌어안고 있다.

곡기 끊으시고 겨우 입술만 적시던 어머니
물 한 방울 흘리지 않는 분이
닦고 싶다 손짓하며 힘겹게 몸 일으키신다
어머니는 몸 깨끗하게 눈 감고 싶었을 터인데
안아 올린 몸이 깃털처럼 가볍다

대야에 앉혀 아기 몸 씻기듯 조심스레 닦는데
주저앉은 골반이 우두둑, 뼈가 운다
살 흐르지 못해 뼈가 운다
곡진한 세월 삭아지고 휘어진 어머니

뼈만 남은 어머니의 등을 스펀지로 적시며
때처럼 밀리는 살가죽에 생의 거품을 얹었다

평생 애절했던 어머니의 기도를 쓰다듬는다
삼킨 내 울음과 소리도 못 내는 어머니의 울음이
목욕물과 함께 하염없이 흘렀다
다시 한번, 어머니의 몸 닦아드릴 수 있다면
가없게 주저앉은 어머니의 등
그 앙상한 슬픔에 뜨겁게 입 맞추리라

—「거룩한 등」 전문

이제 그 어머니가 쇠약해져 거동이 어렵게 되었다. 딸의 가슴은 어머니의 무너진 척추처럼 무너져 내리는 것 같았을 것이다. 화자인 딸은 어머니의 깃털 같은 가벼운 몸을 들어 올려 몸을 씻긴다. 그 가벼움이 뼈저린 아픔을 가져온다. 평소 정갈했던 어머니가 몸을 닦고 싶다고 손짓으로 부탁한다. 딸은 어머니가 깨끗한 몸으로 눈 감고 싶었으리라 짐작한다. 대야에 앉혀 아기 몸 씻기듯 조심스레 닦으니 주저앉은 골반에서 우두둑, 뼈가 우는 소리가 난다. 시인은 "살 흐르지 못해 뼈가 운다"라고 썼다. 많은 사연이 함축된 상징적 표현이다. 육체가 제 기능을 하지 못하고 딸의 몸과 소통하지 못하니 뼈가 대신 울음으로 뜻을 전한다고 본 것이다. 딸은 세월에 삭고 휘어진 어머니의 앙상한 등을 닦으며 평생 애절하게 올렸을 어머니의 기도를 떠올린다. 두 모녀의 마음이 어울린 울음의 목욕물이 욕조 밖에 흐른다. 이제 세월이 흘러 그것도 과거의 일이 되었다. 그렇게 등을 맡길 어머니의 몸을 만날 수 없게 되었다. 시인은 서럽게 주저앉은 어머니의 등, 그 앙상한 슬픔을 떠올리며 아픔의 추억을 삼킨다. 그런 과정을 통하여 어머니의 몸과 마음은 딸에게 전이된다.

「엄마가 보인다」에서 딸로 전이된 어머니의 모습을 만날 수 있다. 어머니는 장독대 높은 항아리 뚜껑 위에 정화수 한 사발을 올려놓고 가족의 행운과 다복을 빌었다. 아이를 낳으면 힘줄 꼿꼿한 숯 조각과 청솔가지를 꽂고 빨간 주머니에 금돈 열 냥을 채워 새끼줄 꼬아 대문 앞에 매달았다. 찬바람 견뎌내던 울타리 안에는 달을 품은 어머니의 젖은 등이 꺼지지 않았다. 어머니의 그 상징적 조형물에 어머니의 마음이 담겨 있었고 어머니가 올린 간절한 소망으로 가족들이 무탈하게 지낼 수 있었다. 이제 내가 어머니의 "두 손 모아 숙인 굽은 등"을 갖게 되었다. 아들의 새 생명을 기다리는 할머니가 된 것이다. 아무 일 없기를 염원하는 기도의 순간마다 어머니가 올려놓았던 정화수 한 사발과 가로 쳐진 금줄이 보인다. 어머니가 보이는 것이다. 어머니를 그리워하는 딸은 다시 어머니가 되고 할머니가 된다. 역사는 이렇게 이어진다. 대를 이어 전개되는 사랑과 희생과 소망의 역사 앞에 어머니는 중요한 상징의 아이콘으로 떠오른다. "여름이면 풀 먹여 빳빳한/모시 적삼을 입으시던 어머니"(「봉숭아꽃」)의 정갈한 모습은 시인이 지키려는 강인한 순수의 표상이다. 그 상징이 바로 시인의 정신 윤리를 지키는 동력이며 시 창조의 상상력을 주관하는 힘이다. 엄마가 눈에 보일 때 딸은 엄마가 되고 위대한 대지모신大地母神의 분신이 된다.

어느 유학자가 시인에게 '후미당後美堂'이라는 당호를 써 주었다고 한다. 이 말에도 어머니로부터 이어지는 순수한 소망의 흐름이 담겨 있다. 어떤 사람이 앉았던 자리가 그가 떠난 후 먼지 하나 없이 깨끗하다면 뒤가 아름답다고 말할 수 있을 것이다. 어떤 사람이 세상 떠난 후 그가 더욱 그리워지고 그의 덕행이 갈수록 고귀하게 여겨진다면 정녕 뒤가 아름답다 이를 것이다. 어머니가 세상 떠나신 후 말년의 병약한 모습보다 정갈한 모시 적삼 입으셨던 고고한 모습이 떠오른다면 뒤가 아름답다 이를 만하다. 요컨대 이 말은 남에게 바로 드러나지 않는 마음의 정결함과 정신 윤리의 응축을 의미한다. 이것은 시인이 추구하는 시의 세계와 통한다.

김정인 시인은 사물과 자연이 인간을 얼마나 소중히 여기고 어떻게 사랑하는가를 섬세하고 다양하게 보여주는 시를 썼다. 그의 시는 주체와 대상이 무관하게 존재하는 것이 아니라 어떤 연줄로 이어져 있다고 생각하고 그 대상이 나에게 던지는 의미를 찾아내려 하는 데서 탄생한다. 시인이 대상을 자신과 유관한 대상으로 받아들여 사랑의 눈길을 보냈기에 대상도 사람에게 다가와 사랑의 존재가 된 것이다. 사소한 일상의 대상 하나하나를 사소히 넘기지 않고 사랑의 눈길로 보았기에 그 대상이 시인에게 사랑의 축복을 안겨주었다.

이러한 대상과 시인의 관계는 정신의 윤리 의식과 연결된다. 시인은 한 땀 한 땀 정성을 기울이는 행동의 윤리를 중시하고 시련 속에서도 최선을 다하며 살아가는 정진의 자세를 중시한다. 이것이 김정인 시인이 갖는 정신의 윤리다. 이것은 그의 당호 후미당後美堂의 정신과 통한다. 뒤에 허물을 남기지 않아 떠난 자리가 저절로 아름답게 되는 마음의 결기가 그의 시 정신의 원천이다. 이러한 정신의 결실이 담긴 그의 시집이 많은 사람에게 애송되기를 바라는 마음 간절하다. 그의 시에 담긴 사물과 자연의 인간 사랑이 널리 퍼져 모든 사람들이 사물과 자연을 더욱 사랑하게 되기를 간절히 바란다. 이러한 소망과 기원으로 김정인 시인의 시심도 더욱 정결해질 것이다. 정화와 사랑의 아름다운 불꽃놀이가, 축복과 환희의 만다라가 온 누리에 넓게 퍼지기를 기원하며 이 글을 마친다.

김정인
서울 출생. 경북상주에서 자람.(본명: 金貞熙)
1999년『현대시학』으로 등단.
시집『오래도록 내 안에서』,『누군가 잡았지 옷깃』.
교육서『엄마는 7학년』,『쑥쑥 논술머리』 등.
in44711@naver.com

서정시학 시인선 212
느닷없이 애플파이

2024년 2월 28일 초판 1쇄 발행

지 은 이 · 김정인
펴 낸 이 · 최단아
편집교정 · 정우진
펴 낸 곳 · 도서출판 서정시학
인 쇄 소 · ㈜ 상지사
주 소 · 서울시 서초구 서초중앙로 18, 504호 (서초쌍용플래티넘)
전 화 · 02-928-7016
팩 스 · 02-922-7017
이 메 일 · lyricpoetics@gmail.com
출판등록 · 209-91-66271

ISBN 979-11-92580-24-1 03810

계좌번호: 국민 070101-04-072847 최단아(서정시학)
값 13,000원

서정시학 시인선

001 드므에 담긴 삽 강은교, 최동호
002 문열어라 하늘아 오세영
003 허무집 강은교
004 니르바나의 바다 박희진
005 뱀 잡는 여자 한혜영
006 새로운 취미 김종미
007 그림자들 김 참
008 공장은 안녕하다 표성배
009 어두워질 때까지 한미성
010 눈사람이 눈사람이 되는 동안 이태선
011 차가운 식사 박홍점
012 생일 꽃바구니 휘 민
013 노을이 흐르는 강 조은길
014 소금창고에서 날아가는 노고지리 이건청
015 근황 조항록
016 오늘부터의 숲 노춘기
017 끝이 없는 길 주종환
018 비밀요원 이성렬
019 웃는 나무 신미균
020 그녀들 비탈에 서다 이기와
021 청어의 저녁 김윤식
022 주먹이 운다 박순원
023 홀소리 여행 김길나
024 오래된 책 허현숙
025 별의 방목 한기팔
026 사람과 함께 이 길을 걸었네 이기철
027 모란으로 가는 길 성선경
029 동백, 몸이 열릴 때 장창영
030 불꽃 비단벌레 최동호
031 우리시대 51인의 젊은 시인들 김경주 외 50인
032 문턱 김혜영
033 명자꽃 홍성란
034 아주 잠깐 신덕룡
035 거북이와 산다 오문강
036 올레 끝 나기철
037 흐르는 말 임승빈
038 위대한 표본책 이승주
039 시인들 나라 나태주
040 노랑꼬리 연 황학주
041 메아리 학교 김만수
042 천상의 바람, 지상의 길 이승하
043 구름 사육사 이원도
044 노천 탁자의 기억 신원철
045 칸나의 저녁 손순미
046 악어야 저녁 먹으러 가자 배성희
047 물소리 천사 김성춘
048 물의 낯에 지문을 새기다 박완호
049 그리움 위하여 정삼조
050 샤또마고를 마시는 저녁 황명강

051 물어뜯을 수도 없는 숨소리 황봉구
052 듣고 싶었던 말 안경라
053 진경산수 성선경
054 둥불소리 이채강
055 우리시대 젊은 시인들과 김달진문학상 이근화 외
056 햇살 마름질 김선호
057 모래알로 울다 서상만
058 고전적인 저녁 이지담
059 더 없이 평화로운 한때 신승철
060 봉평장날 이영춘
061 하늘사다리 안현심
062 유씨 목공소 권성훈
063 굴참나무 숲에서 이건청
064 마침표의 침묵 김완성
065 그 소식 홍윤숙
066 허공에 줄을 긋다 양균원
067 수지도를 읽다 김용권
068 케냐의 장미 한영수
069 하늘 불탱 최명길
070 파란 돛 장석남 외
071 숟가락 사원 김영식
072 행성의 아이들 김추인
073 낙동강 시집 이달희
074 오후의 지퍼들 배옥주
075 바다빛에 물들기 천향미
076 사랑하는 나그네 당신 한승원
077 나무수도원에서 한광구
078 순비기꽃 한기팔
079 벚나무 아래, 키스자국 조창환
080 사랑의 샘 박송희
081 술병들의 묘지 고명자
082 악, 꽁치 비린내 심성술
083 별박이자나방 문효치
084 부메랑 박태현
085 서울엔 별이 땅에서 뜬다 이대의
086 소리의 그물 박종해
087 바다로 간 진흙소 박호영
088 레이스 짜는 여자 서대선
089 누군가 잡았지 옷깃 김정인
090 선인장 화분 속의 사랑 정주연
091 꽃들의 화장 시간 이기철
092 노래하는 사막 홍은택
093 불의 설법 이승하
094 덤불 설계도 정정례
095 영통의 기쁨 박희진
096 슬픔이 움직인다 강호정
097 자줏빛 얼굴 한 쪽 황명자
098 노자의 무덤을 가다 이영춘
099 나는 말하지 않으리 조동숙
100 닥터 존슨 신원철
101 루루를 위한 세레나데 김용화
102 골목을 나는 나비 박덕규

103 꽃보다 잎으로 남아 이순희
104 천국의 계단 이준관
105 연꽃무덤 안현심
106 종소리 저편 윤석훈
107 칭다오 잔교 위 조승래
108 둥근 집 박태현
109 뿌리도 가끔 날고 싶다 박일만
110 돌과 나비 이자규
111 적빈赤貧의 방학 김종호
112 뜨거운 달 차한수
113 나의 해바라기가 가고 싶은 곳 정영선
114 하늘 우체국 김수복
115 저녁의 내부 이서린
116 나무는 숲이 되고 싶다 이향아
117 잎사귀 오도송 최명길
118 이별 연습하는 시간 한승원
119 숲길 지나 가을 임승천
120 제비꽃 꽃잎 속 김명리
121 말의 알 박복조
122 파도가 바다에게 민용태
123 지구의 살점이 보이는 거리 김유섭
124 잃어버린 골목길 김구슬
125 자물통 속의 눈 이지담
126 다트와 주사위 송민규
127 하얀 목소리 한승헌
128 온유 김성춘
129 파랑은 어디서 왔나 성선경
130 곡마단 뒷마당엔 말이 한 마리 있었네 이건청
131 넘나드는 사잇길에서 황봉구
132 이상하고 아름다운 강재남
133 밤하늘이 시를 쓰다 김수복
134 멀고 먼 길 김초혜
135 어제의 나는 내가 아니라고 백 현
136 이 순간을 감싸며 박태현
137 초록방정식 이희섭
138 뿌리에 관한 비망록 손종호
139 물속 도시 손지안
140 외로움이 아깝다 김금분
141 그림자 지우기 김만복
142 The 빨강 배옥주
143 아무것도 아닌, 모든 변희수
144 상강 아침 안현심
145 불빛으로 집을 짓다 전숙경
146 나무 아래 시인 최명길
147 토네이토 딸기 조연향
148 바닷가 오월 정하해
149 파랑을 입다 강지희
150 숨은 벽 방민호
151 관심 밖의 시간 강신형
152 하노이 고양이 유승영
153 산산수수화화초초 이기철
154 닭에게 세 번 절하다 이정희